Yann Bernabot • Alexandre Franc

LA VÉRITABLE HISTOIRE de Léon qui vécut la libération de Paris

bayard poche

La véritable histoire de Léon a été écrite par Yann Bernabot
et illustrée par Alexandre Franc.
Direction d'ouvrage : Pascale Bouchié.
Texte des pages documentaires : Yann Bernabot.
Illustrations : carte du rabat de couverture et pages 6, 15, 22, 31, 43 : Nancy Peña ;
pages 8-9, 24-25, 40-41 : Philippe Chapelle.

La collection « Les romans Images Doc »
a été conçue en partenariat avec le magazine *Images Doc*.
Ce mensuel est édité par Bayard Jeunesse.

18 rue Barbès, 92120 Montrouge
ISBN : 978-2-7470-5254-2
Dépôt légal : janvier 2015

Loi n°49-956 du 16 juillet 1949 sur les publications destinées à la jeunesse.
Imprimé en France par Pollina s.a., 85400 Luçon- L69490B.

CHAPITRE 1

INSURRECTION !

Je termine mon petit-déjeuner, vite fait.

De toute façon, il n'y a jamais grand-chose à manger. Les Allemands prennent toute la nourriture, ou presque. Ils ne nous laissent que des miettes, à nous, les Français. C'est comme ça depuis qu'ils occupent la France. Depuis que nous avons perdu la guerre contre eux, il y a quatre ans. Depuis que mon père est prisonnier en Allemagne.

Maman est partie très tôt ce matin. Pour faire la queue devant la boulangerie. Il y a toujours un monde fou qui attend. Il faut arriver parmi les premiers, au moins deux heures avant l'ouverture du magasin, si on veut réussir à avoir du pain. Enfin, ce qui ressemble à du pain. Parce que celui-là n'est vraiment pas bon. Rien à voir avec le pain qu'on mangeait avant la guerre.

À la campagne, on se nourrit mieux. Mais ici, à Paris, c'est très dur. Les magasins sont presque vides. On a tout le temps faim. On peut trouver de la nourriture au marché noir, seulement si on a beaucoup d'argent, parce que ça coûte très cher.

Mais tout ça ne va plus durer longtemps. Car, pour les Allemands, ça commence à sentir le roussi. Les Alliés* ont débarqué en Normandie il y a maintenant plus de deux mois. Et ils avancent, ils approchent de Paris. Mardi dernier, ils ont fait un deuxième débarquement, dans le sud de la France. Les Boches** reculent partout. « Ils sont foutus ! », affirme mon meilleur copain, René.

Du coup, à Paris, ça bouge. D'abord, les gens se sont mis en grève : les cheminots, les agents du métro, les policiers… Maman aussi a arrêté son travail à la poste, comme tous ses collègues. Et surtout, depuis trois jours, les résistants attaquent les soldats allemands. On les voit partout, avec leurs brassards FFI*** autour du bras. Les habitants les aident, ils combattent avec eux. Ils n'ont pas beaucoup d'armes, pourtant. Ils sont obligés d'attaquer les Boches pour prendre leurs fusils ou leurs mitraillettes.

Bon, il faut que je me dépêche. Je vais remplacer Maman, qui doit aller faire la queue devant un autre magasin. Par la fenêtre, j'entends des coups de feu. Ça barde !

suite page 7

** Les Alliés sont les pays qui luttent contre l'Allemagne.*

*** Surnom péjoratif donné aux Allemands par les Français.*

**** Les Forces françaises de l'intérieur (FFI) regroupent ceux qui se sont engagés dans la résistance à l'occupation allemande.*

LE DÉBARQUEMENT EN NORMANDIE

Le D-Day

Le général américain Dwight Eisenhower, chef suprême des forces alliées, décide que le débarquement en Normandie (nom de code : *Overlord*) aura lieu le 6 juin 1944 à l'aube. Le jour J (*D-Day* en anglais) était initialement prévu pour le 5 juin. À cause de mauvaises conditions météorologiques, Eisenhower le reporte de 24 heures.

L'avant-garde

Dans la nuit du 5 au 6 juin, 7 990 parachutistes anglais et 15 500 parachutistes américains sont largués au-dessus de la Normandie, à l'est et à l'ouest du futur champ de bataille. Leur objectif : empêcher l'arrivée des renforts allemands vers les plages, en tenant les voies de communications (routes, ponts…).

Le jour se lève

À l'aube, les soldats allemands, médusés, découvrent un spectacle inimaginable : devant eux, la mer est couverte de bateaux. Il y en a près de 7 000, dont 1 213 navires de guerre. Après que ceux-ci, avec l'aide de l'aviation alliée, ont bombardé les défenses allemandes, des bateaux remplis de soldats se dirigent vers la côte.

L'assaut

21 400 Canadiens débarquent sur la plage dénommée Juno Beach, 53 960 Britanniques sur celles de Gold et Sword (ainsi qu'un commando français de 177 hommes), et enfin 57 500 Américains sur les plages d'Utah et d'Omaha. Sur cette dernière plage, les combats du jour J sont très meurtriers.

La bataille de Normandie

Environ 130 000 soldats alliés ont pris pied sur le sol normand. Les combats qui suivent sont très durs : c'est la bataille de Normandie. Les avions alliés bombardent les villes pour faciliter la progression de leurs soldats. Le Havre, Caen, Saint-Lô sont détruites et beaucoup d'habitants sont tués.

Je dévale l'escalier. En sortant de l'immeuble, je tombe sur René.

Il est tout excité.

– Viens voir, Léon !

Il m'entraîne devant une affiche collée sur un mur.

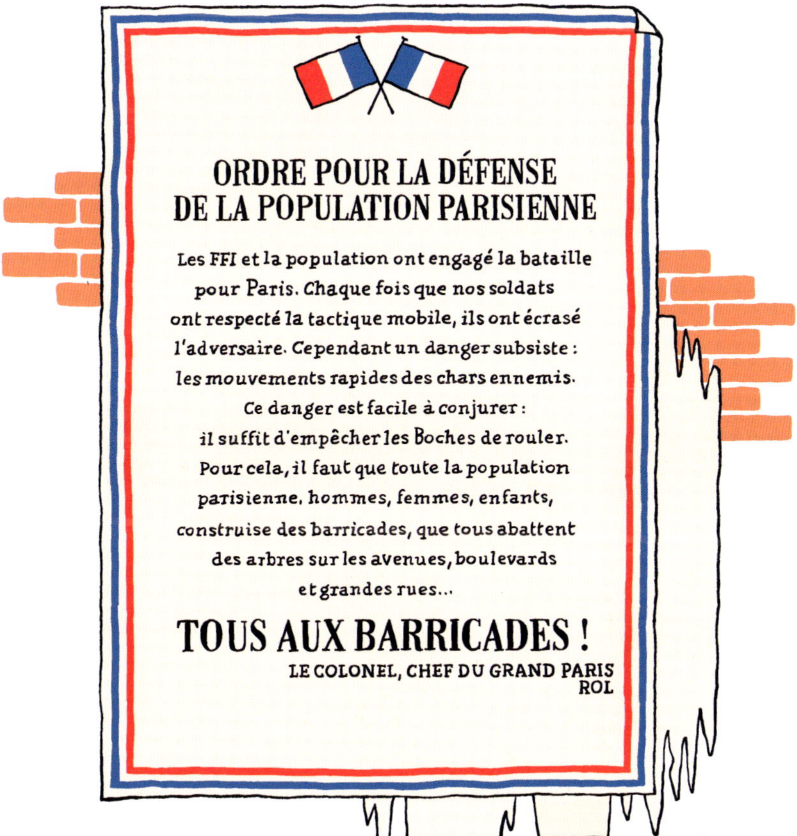

suite page 10

5
7
6
3
1

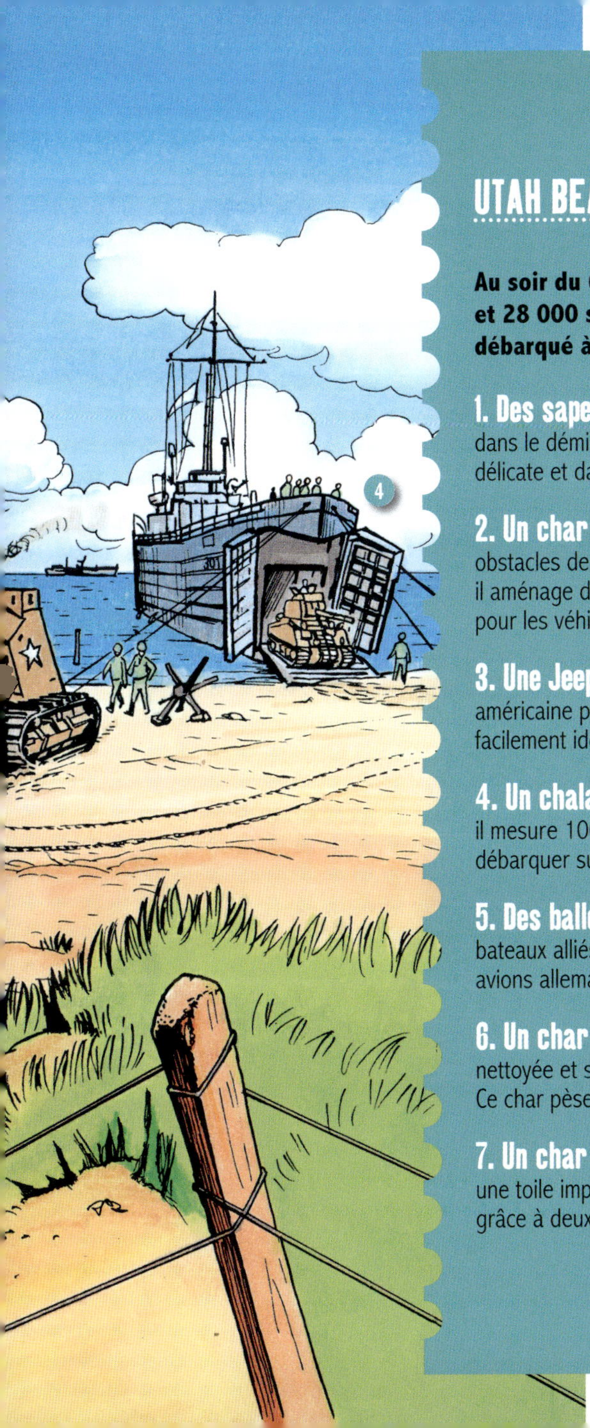

UTAH BEACH, LE 6 JUIN AU SOIR

Au soir du 6 juin 1944, 1 800 véhicules et 28 000 soldats américains ont débarqué à Utah Beach.

1. Des sapeurs : ces soldats sont spécialisés dans le déminage. Cette opération est très délicate et dangereuse.

2. Un char bulldozer : il déblaie les obstacles de défense allemands. Ensuite, il aménage des passages sur la plage pour les véhicules et les soldats.

3. Une Jeep : ce véhicule typique de l'armée américaine porte une étoile blanche pour être facilement identifiée par les avions alliés.

4. Un chaland de débarquement : il mesure 100 m de long et permet de débarquer sur la plage du matériel lourd.

5. Des ballons dirigeables : reliés aux bateaux alliés par un câble, ils empêchent les avions allemands de voler à basse altitude.

6. Un char Sherman : une fois la plage nettoyée et sécurisée, les blindés peuvent sortir. Ce char pèse 30 tonnes et roule à 40 km/h.

7. Un char amphibie : il est protégé par une toile imperméable et se déplace dans l'eau grâce à deux hélices.

C'est un message du colonel Rol, le chef des FFI à Paris.

– Je fonce au boulevard ! s'exclame René. Des gens construisent une barricade. Il faut les aider, il faut se battre ! Les Boches sont foutus, je te dis, foutus ! Allez, viens avec moi !

– Je ne peux pas. Je dois remplacer ma mère devant la boulangerie.

René pousse un soupir.

– Tu me rejoins après, alors. D'accord ? Fais gaffe : ça recommence à tirer dans le coin.

– Ouais, j'ai entendu. Mais c'était pas la trêve ?

René me répond d'un haussement d'épaules qui signifie : « Tu sais, la trêve, ça ne veut rien dire… »

C'est vrai qu'une trêve a été décidée entre les résistants et les Boches, mais elle n'est pas vraiment respectée. Il y a toujours des combats ici et là.

CHAPITRE 2

LA BARRICADE

Sur le chemin, je rencontre Maman qui revient à grands pas.

– La boulangerie vient de fermer, m'explique-t-elle, il n'y a plus de pain. J'ai fait la queue pour rien. Je file chez l'épicier. Rentre à la maison. C'est dangereux, il y a plein de coups de feu.

– Mais, Maman, j'ai pas envie de…

– Rentre à la maison, vite !

Je fais demi-tour, le cœur gros. Maman a toujours peur pour moi. Mais je ne suis plus un gosse ! J'ai onze ans, quand même !

Maman disparaît au coin de la rue. Aussitôt, je change de direction. Destination : le boulevard.

Il faut faire des barricades ! On doit tous s'y mettre ! C'est écrit sur l'affiche.

Sur le boulevard, il y a un monde fou. Tous les gens du quartier sont là. J'aperçois madame Drouin, notre concierge. Monsieur Morand aussi, le voisin du premier, qui était soldat en 14.

Tiens, monsieur Gautier, le coiffeur ! Bizarre, je croyais qu'il aimait bien les Boches, lui.

Oh, il y a même monsieur le curé ! Il a retroussé les manches de sa soutane pour être plus à l'aise. Avec les hommes, il enlève les pavés de la chaussée à grands coups de pioche. Derrière eux, les femmes, les vieux, les enfants font la chaîne en se passant les pavés de main en main. Et tout au bout on construit la barricade, qui s'élève petit à petit.

Elle n'est pas faite que de pavés. Des arbres ont été sciés et placés devant. Il y a aussi deux charrettes renversées, des tonneaux, des grilles, des sacs de terre, et même une baignoire ! Tout un bazar, quoi !

Un résistant dirige les opérations. Il a un casque allemand sur la tête. Dessus, il a peint en gros les lettres FFI et juste dessous, en plus petit, son nom.

– Toi, viens nous aider ! lance-t-il en me voyant.

Je rejoins René dans la chaîne.

– T'es déjà là ? s'étonne-t-il. Et la boulangerie ?

– Fermée !

C'est drôlement lourd, un pavé. Au bout de quelques minutes, je suis en nage et j'ai mal aux bras. Mais la fatigue passe très vite. Je suis content, comme tout le monde. Les gens sont heureux. Ils plaisantent, ils rigolent. Les Alliés arrivent ! Et on va les aider à faire déguerpir les Allemands de Paris, nous, les Parisiens !

La barricade monte, monte. Au milieu, des hommes installent une mitrailleuse.

– Ils l'ont prise aux Boches, m'explique René.

La barricade est terminée. On est tous là, fiers, à l'admirer.

Des hommes et des femmes sont installés derrière, aux aguets, l'arme à la main.

suite page 16

LES DATES CLÉS DE LA GUERRE

La guerre éclate

En septembre 1939, l'Allemagne, dirigée par le dictateur nazi Adolf Hitler, envahit la Pologne. L'Angleterre et la France déclarent alors la guerre à l'Allemagne. Celle-ci attaque en mai 1940 les Pays-Bas et la Belgique. Puis la France est vaincue en six semaines. Le maréchal français Pétain signe l'armistice, l'arrêt des combats. Le pays est divisé en deux zones : l'armée allemande occupe le Nord, le Sud reste libre. Pétain accepte de collaborer avec Hitler. L'Angleterre, elle, résiste aux bombardements des avions allemands et n'est pas conquise.

La guerre devient mondiale

En juin 1941, les Allemands envahissent l'URSS. Leur avancée est foudroyante et des millions de soldats soviétiques sont capturés. Malgré ces pertes énormes, l'URSS résiste et stoppe l'armée allemande à 30 kilomètres de Moscou. Le 7 décembre, le Japon (allié de l'Allemagne nazie) attaque la flotte américaine basée à Pearl Harbour. Les Américains entrent à leur tour dans la guerre et rejoignent les « Alliés », les pays qui luttent contre l'Allemagne.

Les Allemands ne sont plus invincibles

Durant l'année 1942, ils subissent leurs premiers revers, en Afrique du Nord, face aux Anglais et aux Forces françaises libres, et en Russie face aux Soviétiques. Dans le Pacifique, la flotte japonaise subit une défaite importante face aux Américains, à Midway.

Les Alliés prennent l'avantage

En janvier 1943, l'armée allemande, encerclée à Stalingrad, capitule. Le rapport de force s'inverse : dorénavant, les Allemands ne parviennent plus à vaincre les Alliés. Ils reculent sur tous les fronts et capitulent en mai 1945.

Les autres se sont assis sur les bancs, ou par terre, pour se reposer. Ils boivent un coup. Le ciel est couvert. Il fait bon.

Il y a toujours des tirs, au loin. Quand ça s'arrête, on entend les oiseaux chanter. René et moi, on rêvasse, adossés contre le mur d'un immeuble.

Une voix me fait sursauter :

– J'étais certaine que tu étais là !

C'est Maman. Elle avance vers moi, en colère.

– Je t'avais pourtant dit de rentrer !

C'est sûr, je vais me faire enguirlander devant tout le monde.

Soudain, une Traction débouche à toute vitesse d'une rue. Elle freine brutalement devant la barricade. Deux soldats allemands sont dedans. Ils nous regardent, l'œil rond. Ils ont l'air surpris de nous voir. Nous aussi,

d'ailleurs. Il y a un moment de stupeur. Puis le chauffeur fait marche arrière, très vite. Alors, notre mitrailleuse se met à crépiter. La traction est criblée de balles. Je vois le chauffeur qui s'affaisse sur le volant. La portière du passager s'ouvre et l'autre soldat s'écroule sur la route. Sa casquette tombe.

Des FFI sautent par-dessus la barricade, ils s'emparent de lui.

CHAPiTRE 3

L'ATTAQUE

C'est notre prisonnier ! Le premier ! Et un lieutenant, en plus !

Très vite, tout le monde l'entoure. Je m'approche. Du sang coule de sa jambe droite.

Des gens se mettent à l'insulter :

– Salaud !

– Ordure !

Une femme, que je ne connais pas, lui crache dessus.

Le Boche est à terre, la tête baissée. Il a la trouille, ça se voit. Moi aussi. Ils me font peur, tout à coup, ces gens.

Les FFI repoussent les plus excités. Leur chef (celui qui a le casque allemand) tire en l'air avec son revolver.

– Reculez, bon Dieu ! Laissez-le !

Une secouriste arrive. Elle porte un casque blanc, une blouse blanche. Deux croix rouges sont peintes dessus. Elle se penche sur le blessé, lui fait un garrot avec une cravate.

En se relevant, elle demande à Maman :

– Nous avons besoin d'aide pour s'occuper des blessés, qu'ils soient des nôtres ou pas. Il y en a de plus en plus. Voulez-vous nous aider ?

– Mais je ne suis pas infirmière, rétorque Maman.

– Aucune importance. Vous nous serez utile quand même.

Maman hésite. Le chef des FFI intervient alors :

– Allez-y, madame. La Libération approche. Chacun doit faire son devoir. Ne vous inquiétez pas pour votre fils. Je vais renvoyer tous les gosses chez eux.

suite page 23

LA RÉSISTANCE

Les débuts
En 1940, les Français sont très rares à s'engager dans la Résistance. Puis, peu à peu, des groupes, des mouvements vont se constituer, s'organiser, croître. Mais ces différents groupes ne sont pas unis entre eux. Ils combattent l'occupant chacun de leur côté.

L'unification
En 1943, le général de Gaulle, installé à Londres, charge Jean Moulin d'unifier la Résistance. Ce dernier y parvient en créant le Conseil national de la Résistance (CNR). La lutte contre les Allemands en sort renforcée.

Son action
Les résistants collectent des renseignements, sabotent des voies ferrées ou des ponts, tuent des soldats allemands et des Français du gouvernement de Pétain. Ils éditent et diffusent clandestinement des tracts, des journaux, fabriquent de faux papiers. Ils mettent en place des filières afin de sauver les juifs persécutés par les nazis, les prisonniers de guerre évadés, les jeunes qui refusent d'aller travailler en Allemagne, ainsi que les pilotes alliés tombés en territoire occupé.

Des représailles
Les résistants vivent sous la menace permanente d'être arrêtés par la police nazie ou la milice française. La plupart entrent dans la clandestinité, ont une « planque », se déplacent sans cesse et changent d'apparence physique pour échapper à la répression. Mais beaucoup sont arrêtés, torturés, déportés dans des camps de concentration ou fusillés. On estime à 80 000 le nombre de résistants tués durant la guerre.

Combien étaient-ils ?
Très peu nombreux au début de l'Occupation, leur nombre ne cesse d'augmenter au fil des ans. Ils sont environ 300 000 en juillet 1944.

Monsieur le curé propose son aide à la secouriste, d'autres personnes aussi. Deux hommes soulèvent le blessé et l'aident à marcher.

Maman m'embrasse.

– Rentre à la maison.

Et elle rattrape le groupe de la femme en blanc.

Le chef des FFI ne racontait pas de bobards.

– Rentrez chez vous, ordonne-t-il aux enfants, et restez-y. Ça va chauffer par ici.

– Ah, la vache ! grogne René entre ses dents. C'est comme ça qu'il nous remercie !

On s'en va tous les deux, énervés. Je propose à René de manger à la maison.

– Il y a des radis pour ce midi.

Pardi ! Avec Maman, on les fait pousser sur notre balcon, dans un pot de fleurs.

Sur le chemin, on croise une demoiselle sur un vélo-taxi. Sa roue avant est crevée.

– C'est vraiment pas de bol ! rouspète-t-elle.

Dans la carlingue, il n'y a pas de client, mais quatre grosses caisses remplies de bouteilles.

suite page 26

QUATRE UNiFORMES

Ce parachutiste anglais va être largué au-dessus de la Normandie.

1. Son visage est noirci pour permettre au soldat de mieux se camoufler.

2. L'insigne de la 6e division aéroportée britannique représente Pégase, le cheval ailé.

3. Le pistolet mitrailleur Sten est apprécié pour son faible poids.

4. Le sac à parachute.

Ce soldat américain vient de débarquer à Utah Beach.

1. L'insigne de la 4e division d'infanterie américaine représente quatre feuilles de lierre.

2. Autour de sa taille, une bouée se gonfle en tirant sur une poignée.

3. Un poignard pour un combat au corps à corps.

4. Un pistolet mitrailleur Thompson.

Cet officier allemand appartient à la Schutzstaffel, la SS, une organisation nazie.

1. L'aigle royal, l'emblème national allemand.

2. L'insigne de coiffe SS est une tête de mort.

3. L'insigne de col SS est le double sowilo, le S en runique (alphabet des anciens peuples germaniques).

4. Une culotte de cheval.

Ce résistant français appartient au maquis du Vercors, situé dans les Alpes.

1. Un béret.

2. Un sac pour les munitions et la nourriture.

3. Ce fusil français est ancien. Les résistants reçoivent des armes plus modernes lors de parachutages alliés.

4. Des godillots en cuir sont peu adaptés aux déplacements dans la neige.

Et chaque bouteille est enveloppée de papier.

Je demande :

– C'est du vin ?

– Ah non ! rétorque la demoiselle en souriant. C'est plus explosif que du vin, crois-moi. Je dois apporter ces caisses à la barricade. Il faudrait m'aider.

Il n'y a que nous trois dans la rue.

– Ça a l'air lourd, remarque René en faisant une grimace.

– Je prends une caisse et vous en portez une autre à deux. D'accord ?

Tout à coup, au bout de la rue, un grondement terrible

se fait entendre. On voit passer deux tanks allemands. Ils se dirigent vers le boulevard.

Ils vont attaquer la barricade !

– On n'a plus le temps de porter les caisses, s'exclame la jeune femme. Vite ! Prenez chacun une bouteille. Ne la faites surtout pas tomber, ça exploserait. Ce sont des bouteilles incendiaires*. Allons-y !

Nous fonçons tous les trois, nos litres à la main. Je ne suis pas rassuré de transporter ce truc. Nous coupons à travers des ruelles et nous débouchons sur le boulevard. Les deux panzers** sont déjà là. Face à la barricade.

La mitrailleuse des FFI leur tire dessus. Mais les balles ricochent sur l'acier des tanks. Le canon du premier char tourne doucement en direction des insurgés. Il va balancer un obus, c'est sûr !

La fille se met alors à courir vers le char, l'escalade et jette sa bouteille dans la tourelle ouverte. Elle a à peine le temps de sauter à terre que l'explosion se produit.

Mais les Boches du deuxième char l'ont vue. Je vois leur mitrailleuse qui pivote vers elle. Sans réfléchir, je lance ma

** Bouteilles remplies d'essence ou d'alcool qu'on lançait comme explosifs.*

*** Chars blindés allemands.*

bouteille. René fait pareil. Malheur ! Nous sommes trop loin. Nos deux bouteilles explosent juste devant le tank, sans le toucher.

Il se passe alors un truc incroyable : le blindé fait demi-tour dans un grincement de chenilles, et il s'en va, laissant l'autre char en feu.

On a réussi à lui faire peur !

Des cris de joie s'élèvent de la barricade.

Tout le monde se précipite vers nous. On nous entoure, on nous serre les mains, on nous embrasse. Nous sommes des héros, René et moi. La demoiselle aussi, bien sûr. Elle dit en nous désignant :

– Ils ont été formidables, hein ?

Le chef des FFI n'en revient pas.

– Bravo, les garçons. Sans vous, on était fichus !

Du coup, on reste à la barricade. Le chef des FFI n'ose plus nous renvoyer chez nous. C'est qu'on est des vrais résistants, maintenant !

CHAPITRE 4

L'ATTENTE

Pendant tout l'après-midi, il y a des bruits de fusillade partout dans Paris. Mais pas ici. Tout est calme. Les caisses de bouteilles explosives ont été apportées. Chacun est sur le qui-vive. Mais il ne se passe rien. Les Allemands ne nous attaquent plus.

Le soir, je rentre à la maison. Maman n'est pas encore là. Je suis tellement fatigué que je me couche directement.

Le lendemain, je trouve un mot sur la table.

À peine dehors, j'aperçois au-dessus des toits une énorme fumée noire. À la barricade, des insurgés discutent entre eux. Ils sont inquiets.

L'un annonce à ses camarades :

– Paraîtrait que c'est le Grand Palais qui brûle. Les Boches l'ont attaqué. Y a plein de morts.

– T'es sûr ? demande sa voisine.

– Ben, c'est ce qu'on m'a dit. Tu sais bien que c'est difficile d'avoir des informations. On entend tout et son contraire.

– Moi, dit un autre, j'ai entendu dire qu'Hitler voulait

suite page 32

QUI ÉTAIT CHARLES DE GAULLE ?

Sa jeunesse

Né en 1890 à Lille, Charles de Gaulle intègre l'école militaire de Saint-Cyr. Il en sort officier. Il prend part aux combats de la Première Guerre mondiale. Blessé à Verdun en 1916, il est fait prisonnier par les Allemands. Il reste en captivité jusqu'à la fin du conflit, malgré cinq tentatives d'évasion.

Le militaire

Tout au long de sa carrière, il est un farouche défenseur de l'arme blindée et de la guerre de mouvements. En 1940, pendant la campagne de France, il commande une unité de chars. Après la défaite des armées françaises, de Gaulle, devenu général, refuse l'armistice.

L'exil

Il se réfugie à Londres d'où il appelle les Français à résister à l'occupant dans un message diffusé à la radio anglaise, le 18 juin 1940. Soutenu par le Premier ministre britannique, Winston Churchill, le général de Gaulle crée un gouvernement en exil ainsi que des troupes combattantes, les Forces françaises libres (FFL) qui participent à la lutte contre l'Allemagne nazie.

Le retour

Après la libération de la France, il devient chef du gouvernement jusqu'en 1946. Revenu au pouvoir en 1958, il fonde la Ve République dont il sera le premier président français élu au suffrage universel.

Réélu en 1965, il démissionne de son poste quatre ans plus tard. Il meurt l'année suivante, le 9 novembre 1970, à Colombey-les-Deux-Églises.

L'écrivain

Il laisse plusieurs ouvrages dont *Les Mémoires de guerre* dans lesquels il retrace son exceptionnelle épopée lors de la Deuxième Guerre mondiale.

faire sauter toute la ville.

– En tout cas, affirme le chef des FFI, les Boches ont miné les ponts. C'est sûr, je les ai vus faire. Ils ont aussi placé des explosifs dans les bâtiments publics. Ils vont tout détruire avant de déguerpir !

– Il faut vraiment que les Alliés arrivent vite, déclare la femme. Sinon, c'est fichu ! Ce n'est pas avec nos pétoires et nos maigres munitions qu'on va empêcher les Boches de détruire Paris.

Le reste de la journée est très calme. René a apporté des cartes. On joue. On parle aussi avec monsieur Morand, mon voisin du premier, qui a fait la Grande Guerre.

– Dans les tranchées, c'était souvent comme ça, nous explique-t-il. Il n'y avait pas d'attaques tout le temps. On s'ennuyait ferme, parfois.

À un moment, on voit passer des camions de la Wehrmacht* bourrés de soldats. Mais ils ne se dirigent pas vers nous. Le gars à la mitrailleuse leur balance une giclée de balles.

– Arrête ! ordonne le chef des FFI. Ne gaspille pas les munitions !

** Nom de l'armée allemande.*

Le ciel est de plus en plus noir. Ça sent l'orage. En fin d'après-midi, je décide de rentrer, un peu triste. Maman est passée dans la journée. Je trouve un bout de pain, de la margarine et une tranche de jambon sur la table de la cuisine. Un véritable festin ! Ça me remonte le moral !

Le lendemain, à mon réveil, Maman est là. Je suis tout content de la voir. Elle est à la fois fatiguée et joyeuse.

– Hier soir, les Alliés étaient à Rambouillet, me lance-t-elle. À cinquante kilomètres de Paris !

Elle me serre dans ses bras, m'embrasse.

–Surtout, reste ici, mon chéri, bien à l'abri.

Je me bats depuis deux jours. J'ai même fait fuir un char boche. Mais elle ne le sait pas.

À la barricade, le moral est bien meilleur qu'hier. Les Alliés approchent, c'est sûr ! Il y a même des Français parmi eux.

– Les gars de la 2e DB*, nous affirme le chef des FFI, radieux.

La journée est interminable. On n'en peut plus d'attendre.

Dans l'après-midi, un bruit de moteur nous fait lever la tête. Un petit avion passe au-dessus de nous. Un avion allié !

** La 2e division blindée (DB) est une unité militaire française.*

Une demi-heure plus tard, un grand type en short arrive en courant, un tract à la main.

– Ils ont balancé ça de l'avion ! annonce-t-il, hilare.

Il est écrit sur le papier : « Le général Leclerc vous fait dire : tenez bon, nous arrivons ! »

Leclerc, c'est le chef de la 2e DB !

La nuit tombe. Je reste à la barricade, avec tous les autres. Une femme arrive soudain en hurlant :

– La 2e DB est là ! Ils viennent de passer la Porte d'Italie ! Je l'ai entendu à la radio !

C'est tellement beau qu'on a du mal à le croire.

– Mais où se dirigent-ils ? demande quelqu'un.

La dame ne sait pas.

Et puis, quelques instants plus tard, un bruit sourd retentit dans toute la ville. Suivi d'un autre, puis d'encore un, et ça ne s'arrête plus.

– Le bourdon ! s'exclame le chef des FFI, c'est le bourdon de Notre-Dame qui sonne ! Il annonce l'arrivée de nos libérateurs !

Il a les larmes aux yeux, la voix qui chevrote.

Les cloches de notre église se mettent à sonner à leur tour, puis d'autres leur répondent, plus loin, à travers la ville entière.

J'éclate en sanglots. C'est plus fort que moi. Des larmes de joie coulent sur mes joues. Tout le monde pleure. Même monsieur Morand, mon voisin, l'ancien poilu de 14. Je me tourne vers René. Il chiale aussi, comme une Madeleine.

Maintenant, ce sont toutes les cloches de Paris qui sonnent à toute volée. C'est extraordinaire !

Elles annoncent notre liberté !

CHAPITRE 5

LE JOUR DE GLOIRE !

– La 2e DB est à l'Hôtel de Ville ! annonce soudain une voix dans la nuit.

C'est tout près. René et moi fonçons là-bas. Quand nous arrivons, une foule entoure des véhicules militaires (des « half-tracks », me dit René qui s'y connaît), une Jeep et trois chars. Des chars américains. Des « Sherman », précise encore René. Mais une croix de Lorraine* figure

** Cette croix était le symbole de la France libre.*

sur ces chars, qui ont chacun un nom français : Romilly, Montmirail, Champaubert.

J'indique à René :

– Ce sont des noms de batailles gagnées par Napoléon.

Il faut bien que je l'épate aussi, René !

Sur le pare-brise de la Jeep, un truc est écrit : « Mort aux cons ! » Ça, ce n'est pas une bataille de Napoléon.

Le militaire de la Jeep croule sous les baisers des dames et les serrages de main des hommes.

Un type finit par remarquer :

– Vous n'êtes pas bien nombreux, dites-moi.

– On est juste l'avant-garde, répond le soldat. Le reste de la division arrivera demain à Paris.

On ne dort pas de la nuit. C'est impossible. On est si heureux.

Le matin, les chars de la 2e DB apparaissent enfin. Ils roulent lentement au milieu d'une foule en délire. De belles demoiselles, dans leurs robes d'été, escaladent les tanks pour embrasser les soldats. Des hommes leur tendent des verres de vin. René et moi, on réussit à grimper dans une Jeep. On serre la main des soldats, qui nous donnent du chocolat et une drôle de pâte à mâcher.

suite page 42

LA GRANDE FÊTE DE LA LIBÉRATION

Ces habitants vivent un moment inoubliable : les Alliés libèrent leur ville de l'occupant allemand.

1. Une photo de Charles de Gaulle : ce général a appelé les Français à résister le 18 juin 1940. Il est un des héros de la Libération.

2. Le V de la victoire : les gens dressent leurs doigts en V pour célébrer la victoire.

3. Un résistant : il aide les soldats alliés à faire reculer l'armée allemande.

4. Les drapeaux : français, anglais, américains, canadiens, ils célèbrent l'alliance des pays qui ont gagné la guerre.

5. Du chewing-gum : cette friandise offerte par les soldats américains est inconnue des jeunes Français.

6. Un ancien combattant de 1914-1918 : très ému, il a mis sa décoration pour rendre hommage aux libérateurs de sa ville.

Ça s'appelle du « chewing-gum » ! Ça vient d'Amérique ! C'est drôlement bon !

L'après-midi, les Allemands capitulent.

Leur chef, le général von Chot… von Choz… (c'est dur à dire, son nom !), le général von Choltitz, s'est rendu aux Français.

Paris est libérée !

Aujourd'hui, samedi 26 août, le soleil brille, le ciel est bleu. Je suis sur les Champs-Élysées avec Maman. Monsieur Morand est là aussi. Sur sa veste, il a accroché sa croix de guerre 14-18.

Il y a tellement de monde autour de nous que je pense que tous les habitants de Paris sont rassemblés là. À toutes les fenêtres des immeubles, on a accroché des drapeaux français, américains, anglais. Il y en a des milliers tout le long de l'avenue.

J'ai réussi à grimper sur un réverbère pour mieux voir. Le général de Gaulle vient d'arriver. Il va descendre à pied les Champs-Élysées. Personne ne sait à quoi il ressemble. Pendant ces quatre années d'occupation, c'est pourtant

suite page 44

LA LIBÉRATION DE PARIS

Un plan chamboulé

Après le débarquement en Normandie, les Alliés n'ont pas prévu de libérer Paris. Leurs forces doivent contourner la capitale et se diriger vers l'Allemagne. Le soulèvement des Parisiens bouleverse leur plan.

L'insurrection

Le 18 août, le colonel Rol, chef des Forces françaises de l'intérieur (FFI) pour Paris, ordonne la mobilisation générale contre l'occupant. Les résistants, aidés par la population, attaquent les soldats allemands et s'emparent de bâtiments publics. La Préfecture de Paris est occupée le 19 août, l'Hôtel de Ville le 20.

Aux barricades !

Les combats de rues sont violents et meurtriers. À l'appel de Rol, la capitale se couvre de barricades. Mais les FFI et les Parisiens ne peuvent tenir longtemps : ils manquent d'armes. Un émissaire est envoyé auprès des Alliés pour les prévenir de la situation. Le général de Gaulle a déjà demandé l'aide des Américains.

Les secours arrivent

Avertis du danger qui menace les Parisiens, les Alliés décident le 22 août d'envoyer des troupes libérer la capitale. Ce sera une unité française, la 2e DB du général Leclerc.

Le temps presse : Hitler a ordonné au général von Choltitz, gouverneur allemand de Paris, de faire sauter la capitale !

Le jour de gloire

L'avant-garde de la 2e DB arrive à Paris le 24 août au soir, le reste de la division le 25. Les derniers nids de résistance allemands sont détruits. Le général Leclerc reçoit la reddition de von Choltitz.
Le lendemain, le général de Gaulle descend les Champs-Élysées, acclamé par les Parisiens.

lui qui a dit aux Français de ne jamais désespérer, de continuer le combat, que les Allemands finiraient par perdre la guerre.

Il le disait à la BBC, la radio anglaise. C'est pour ça qu'on ne connaît pas sa tête.

Monsieur Morand m'a simplement dit :

– Il paraît qu'il est très grand de taille.

Au pied de l'Arc de Triomphe, il y a un monde fou, une mêlée incroyable. Il y a des militaires partout, mais je n'arrive pas à voir qui est le plus grand.

Soudain, la foule s'écarte, et je le vois. Il avance au milieu de l'avenue, seul, devant tous les autres.

Bon sang, c'est vrai qu'il est grand ! C'est un géant ! Il dépasse tout le monde d'au moins une tête !

Les gens se mettent à l'applaudir, à crier :

– Vive le général de Gaulle !

Il leur répond en levant le bras droit.

Il marche tellement vite avec ses grandes jambes qu'il arrive déjà où je suis. J'ai à peine le temps de hurler « Vive de Gaulle ! » qu'il est passé, comme un bolide. Je le vois encore de dos, puis je n'aperçois plus que son képi, qui dépasse des autres képis.

– Tu l'as bien vu, Léon ? me demande Maman.

Oh oui, je l'ai bien vu ! Il souriait. J'ai même remarqué qu'il a une moustache.

Je suis heureux.

Je pourrai dire à mon père, quand il rentrera d'Allemagne, quand il ne sera plus prisonnier :

– Tu sais, Papa, j'ai vu le général de Gaulle, moi.

Je pourrai aussi lui dire :

– Tu sais, Papa, j'ai fait la libération de Paris.

Retrouve les nouvelles collections Images Doc en librairie !

Les encyclopédies Images Doc Pour découvrir l'Histoire et ceux qui l'ont faite

184 pages • 14,90 €

Les BD Images Doc Pour voyager au cœur de l'histoire des hommes

408 pages • 24,90 €

208 pages • 19,90 €

bayard

DANS LA MÊME COLLECTION

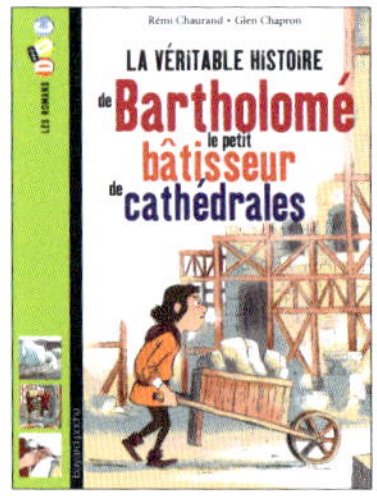

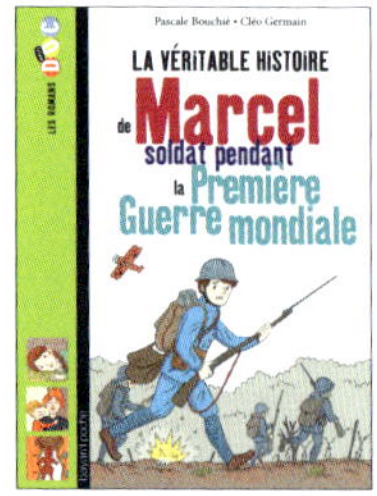

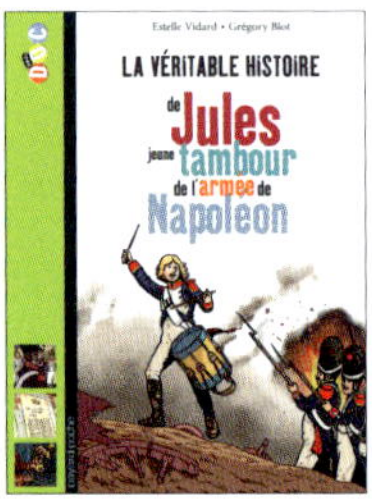

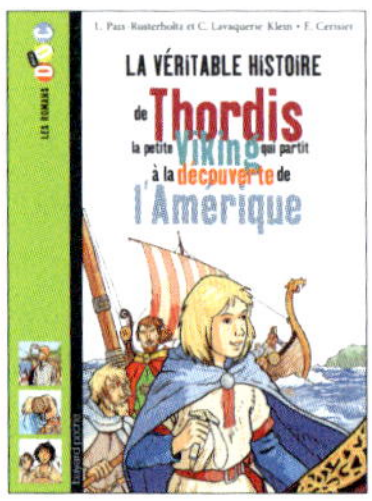

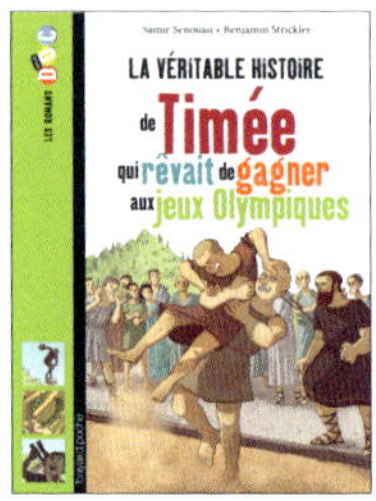

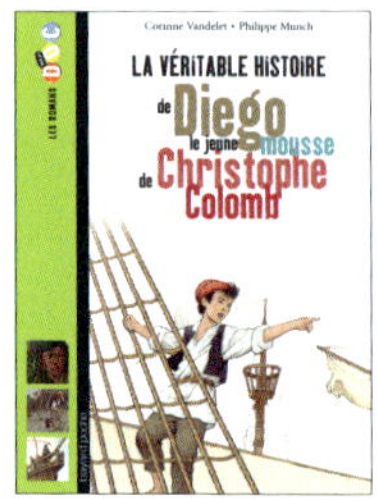

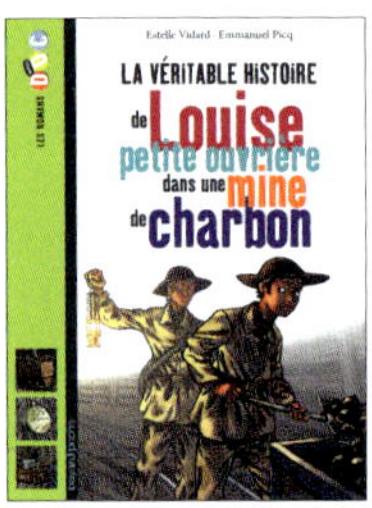

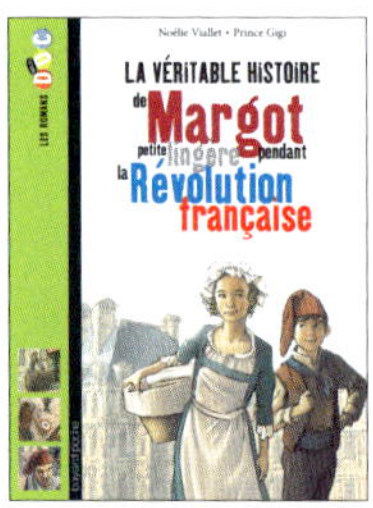

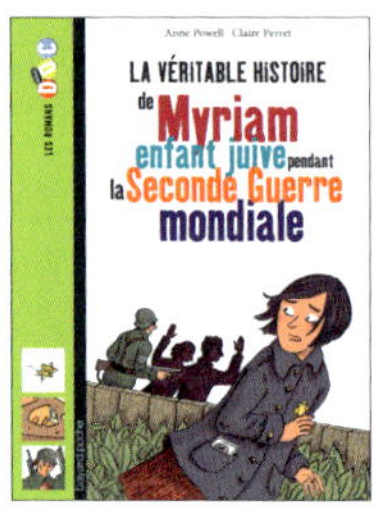

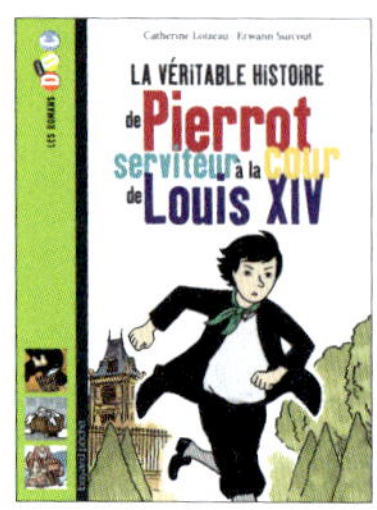

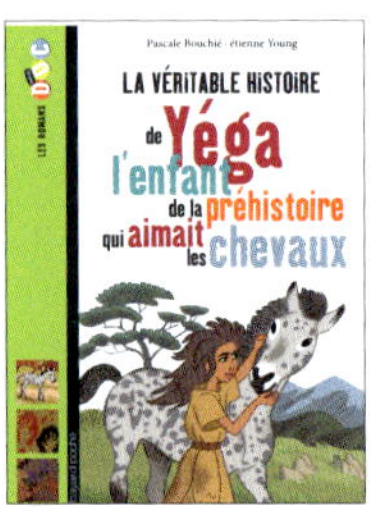

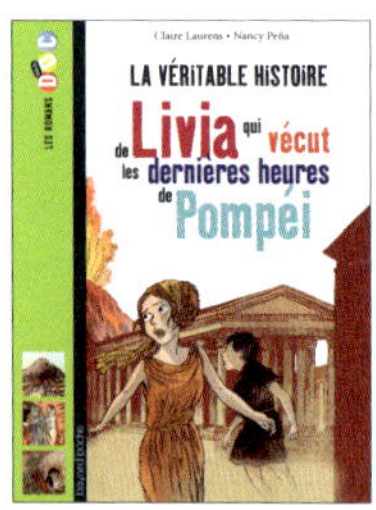

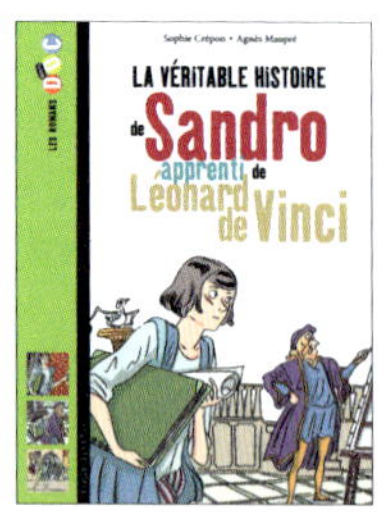